求道と要文 第四

飯野 哲也
IINO Tetsuya

文芸社

私が文芸社で以前出版した3冊のうち『求道と煩悩第二』と『求道と祈り』の続編のような今度は『求道と要文』としてさらに続けたい。古神道祝詞や、陰陽道経本などとその他の文献の中から参考、引用した。短文が多い。

- 今この空間は私のためにある。
- 人生と呼ぶゲーム愛のパートナーが必要
- 大地よ町の力よ私の味方になれ。
- 愛《あい》の科学とは愛そのものになること
- 私は現在にいます今です（中今）
- 観世音、アマテラス、マリア、イズネス
- 南無金剛三十六童《どう》子
- 天の七曜九曜二十八宿を清め、地の神三十六神を清め、
  内外家内三宝大荒神を清め
- 梵天界に導かれ神我を見る
- マカバ、カイラス、シャンバラ、クマラ

- 貧困・疾疫・不潔・無知・怠惰《だ》の５悪
- 聖なる本質とは純粋で無限の愛の存在
- 光を食べよう愛を食べよう
- 神界、幽界、現界
- 無との融合、中空の竹
- ①生存生理欲求　②安全保存欲求　③帰属、愛欲求
④自我評価承認欲求　⑤自己実現欲求
- 南無成就須弥功徳神変王如来
- 抜け星
- 生死一大事因縁、一元未生之神明
- マスターソウル、天なる道

- 熱、電気、光、水、酸素
- おんはんどまどばんわやそわか
- なうまくさんまんだばさらだんかん
- たんあぢちゃやましりやそわか
- 太祝詞（大はらい祝詞）
- マントラ、言霊、言葉、おしで
- オンガルダヤソワカ
- 不可知なものを知り、不可視を見る
- あうん、千の花弁をもつ蓮《はす》
- 恐れきらっている事を克服する経験
- 元来の妙音、黄金体

- セーマン、ドーマン
- 脳天チョップキンコンカーン
- オンベイシラマナヤソワカ
- 空、無、虚《きょ》
- 我が身をすて我と学をすて三千世界の御用に生きる
- 日の本の国、艮《うしとら》固めの国、日出ずる国、国《くに》常立が艮の扉を開ける
- 心の作用の止滅、自我の消滅、思考なし
- 目もくらむ五彩の中天地宇宙に轟々たる大波紋が充満した
- チャクラの光がぼんやり見える

- 蓮華ではたらん人身の改心
- 第7チャクラの活動により意識ありで肉体を離れることができる
- 道はないそれが道だ　（老子）
- 魂魄なかば体を離れたのですかな　（賢治）
- 宇宙の真理を死者が光明として正しく覚知すれば解脱（成仏）、この光明が誰でも必ず訪れる、死者は光の中にいる
- 顔が光りかがやく
- オンマニペメブム（蓮華にある宝珠に幸）
- 神聖幾何学（マカバなど）

・カイラスに仏教の卍が現れる
・神々しい
・拝む心で生き、拝む心で死す
・天と地と人がひとつになる
・大地を犯したのだから大地に接吻なさい
・地にザンゲ、天に讃歌
・ヤタノカガミ、フトマニ、ミクスリ
・仏教の基本は、空、カラ、0の思想
・汝の敵を愛せよ、悪人に手向うな、金持ちは天国にいけない
・精神的健康、ポジティブで創造的、自我の昇華、最高の

知性への集中

・時間をゆっくり生きるゆとり

・魂を知る者は、すべてを知る

・真理はお前の主から下されアラーの真理のはたらきをマホメットの啓示のはたらき

・山頂で仏が法を説《と》き中心とし諸仏が鎮座《ちんざ》するを上空からみる

・地球は、か弱いいとをしい

・ライフスタイルが周波数をコントロール

・この世は美しい、人の命は甘美《び》である

・カイラス（雪の尊主《そんしゅ》）人も心も一体となって昇華された

世界

・観音の智恵と愛といつくしみ
・ヒフミヨイ、マワリテメクル、ムナヤコト、アウノスヘシレ、カタチサキ、ソラニモロケセ、ユエヌオヲ、ハエツヰネホン（カタカムナ）
・おえうゐあ、こけくきか、ほへふひは、のねぬにな、もめむみま、とてつちた、ろれるりら、そせすしさ、よゑゆゐや、を、ん、わ、ホツマツタヱ
・アオウエイカコクケキサソスセシタトツテチナノヌネニハホフヘヒマモムメミヤヨユエイラロルレリワヲウエヰ
・ハレラーマ

- 元無極躰主王大御神（モトフミクライヌシノオオミカミ）
- アミューアルアパクトウパラカバシャド
- 大天使と天使
- 大きな意味で宇宙全体が空の可能性に挑戦するゲームを展開しているといえる
- 赤ん坊のようになってみましょう赤ん坊は人目をはばかることなく自分を表現できますしかも大声で怒りであれ、悦びであれどちらも人生の一部です赤ん坊は自分の体のあらゆる箇所やその働きを愛おしんでいます彼らは自分が愛《あい》されるかどうかどんなふうに見られているかなど気にしません彼はただ愛し愛されているなぜなら自分が与

えるものが返ってくるからです

●天国なんてないと思ってごらんその気になればたやすいことさみんなの足元には地獄なんてなく頭上にあるものは空《そら》だけそして人はみな今日のために生きていると考えるんだ国家なんてないと思ってごらんけっしてむずかしいことじゃない殺し合う必要なんて何もないし宗教も必要ない皆が平和のうちに楽しく生きていると考えてごらんそして財産なんかないものと思ってごらん君にそう出来るだろうか欲張ることも飢えもなく人はみな兄弟だとそう考えてごらんみんなでこの世界を分かち合っているのだと人は僕をただの夢みる人というかもしれないけど

でもきっと僕ひとりじゃないよいつの日か君達も僕の仲間になって世界がひとつになってくれたらいいと思っている

・人類の存続は人々の相互依存性の証明でなくそれなしにはすべての相互的関係は成立し得ないであろう不可欠な信念、

・今は自由自在（観自在）だから変えようと思へば未来は変わる今が変わると未来が変わる過去も変わるその循《じゅん》環が生命の循環がカタカムナ（命は振動）

・細胞はほとんど電子で出来ている電子が止まれば何も無い空間で命とは内側の核《かく》（カタカムナ）がつくっている

電子空間とその中に循環するカムのエネルギーシステム

・目の前にあるものを大事にしつつ本当の心の中心から何を望むのか行動表現する

・言霊《だま》、音霊、形霊、数霊

・分御霊という光源の自分がつくった映画を実在視している影

・聖なるものとの関係の修復（回心《かいしん》）

・自分の肉体は他人である（肉体は責任をおってくれない）

・目をつむって目が見えません耳もきこえませんにおいもしません味もしません肉体がとけて空中にきえ触る感覚もなく肉体感覚がきえましたと瞑想し自分の意識のみ存

在

・腹で笑う　・つぐないとあがない

・第3の眼は肉体霊体両方からながめる

・意識進化のため自分が自分自身につくった恩讐（罪）を贖《しょく》罪降臨

・すべての人が罪（加害者）である個々の自分に内在する「愛に対する恨《うら》み」による問題性と課題性に起因、自分の心と魂のやりとり

・生涯にわたって常に自己反省と悔《く》い改めを信念とし自分の意識体に謝り続けることが、地球（牢獄星）を永久出所する自己完結

・肉体の嘘の親子関係に過分なる愛を期待するから病気になる
・産んでくれてありがとうだけである
・肉体は親たちが与えたものだが自分の心と魂の意識体は自分に備わっている人格である心の意識が霊格である魂の意識を愛の理想に育てて成熟させながら意識し生活し準備を心がける
・愛の理想の人格者とはありのままを無条件で全面的に感謝と喜びで受容できる意識次元に私の意識を確立した人（全ての人の親の親《おや》）
・ベータ脳波（14―30ヘルツ）アルファ脳波（8―13ヘル

ツ）シータ脳波（4―7ヘルツ）デルタ脳波（5―3ヘルツ）

- 帰命本覚心法身　還我頂礼心諸仏
- 最後にこの地球上での自分の役割を完了しシータ、デルタ波の領域にしっかりと定着している場合私達はこの地球を去る機会を与えられることがある
- 愛を与える以外ない肉体、感情体、メンタル体、スピリット体のそれぞれ全集中
- 人生の神秘を探求、プラーナ気レイキ
- お金、名声、権力、性欲、安全、平和、愛、幸福、平等、徳、運

•肉体を離れる（アストラルトラベル）
•カタカムナノウタヒ
•自由意志をもつ創造神
•自分の肉体、頭、顔、ボディ、五体を「愛している」と
くりかえし唱える
•もうまくと松果体（第3の眼）に光受容体がある太陽を
脳とマインドで受ける
•むらさきの光　•マドンナの周波数
•マインドを静める　•松果体は魂がすむ
•一切生霊頓生菩提《だい》　•種々重罪五逆消滅　自他平等即身
成仏

•悪霊、邪鬼、狐狸《こり》、妖怪、を滅す
•ミカエル（自由の剣《つるぎ》）
•地球を離れて銀河系のレベルで浄化解放
•私は今、存在の全細胞を聖なる自己にゆだね全てのレベルと次元に完璧《ぺき》に調和放射
•このむらさきの光をもって私はあなたを許し許されます、ピンクの光で私もあなたも自由です　•しづめまもる
•神聖な存在の教えは私達は全て一つであるという真実の共通の糸で編みこまれている
•マスターになるための準備をしている
•愛と統合への飢え　•降烈来座敬白

●人間生命は宇宙からおくられた

●じんかいみことば内七ごん外七ごん

●観世音等の諸菩薩の加護をえて一切の業障を消滅する也

●はじめをはじめとしてはじめのはじめに入る本を本とし本の心によさし

●宝の気を導きて家の宝と守り神となる神宝福富豊寿栄の神々

●神の御息は我が息我が息は神の御息なり、御息をもって吹けばまが事、病は在らじ残らじ阿那清々し阿那清々し

●かきながす大山本の五十鈴《いすず》川八百万代の罪は残らじ

●あきらかにかがやきて日はあづまの方より出ずあしき夢

をたちてさがなきをはらう急々如律令
・飯野哲也の霊魂幽顕に出入して天気己にいたりて神霊泥丸に陥り、神教たちまちに得て品を進め寿を増し体を保たん謹しみて神通を願ふ
・今日唯今神国根源のはらいをもって清め奉る　・すかししずめまもる
・観世音、アマテラス、マリア
・よろず世界もみおやのもとに治めせしめたまえと　・長寿のやくをぎゃくとくせしむ
・恭敬礼拝する者の左右をはなれず
・アーメンハレルヤアッラークルアーン

- 狩猟社会農耕社会工業社会情報社会
- アーユルベーダ・3つのドーシャ生命エネルギーのバランスが整っている。7つのダドウー身体構成要素の機能が正常である
- 万霊等の悪因解除　冥罪過消滅・善因転結・霊魂浄化・魂魄清明・霊躰安寧・善果得道・玄胎化成・仏寿《じゅ》転結・霊格冥福向上、御啓導守護を祈念
- 我是、玄身なり、我国はじめのはらい
- 皇神降臨、もとつみの心のまにまに
- ほんぎゃくほんじ　公共・共生
- みそらはるかにおろがみまつらけく

- 清き土地と守り恵み幸へたまへ
- 大頭羅《ら》神王
- 御心安く諸の病ひふつに除き　愚《おろ》かなる心を明からしめ
- 諸神等の御心に叶わずとも、広く厚き慈みをたれたまいて、清き御心になだめ、ゆるしたまいて、見なおし聞きなおしたまいて
- このうつし世あれ出でたる身にあらば、このうつし世にあらむ限りは
- 母と子のながき寿《ことぶき》に守りたもう事の由を
- すみやかにきこしめして
- 普照四天下荒神四句文本体真如住空利運動去来名荒神

郵 便 は が き

料金受取人払郵便

新宿局承認

2523

差出有効期間
2025年3月
31日まで
(切手不要)

1 6 0-8 7 9 1

1 4 1

東京都新宿区新宿1－10－1

(株)文芸社

愛読者カード係 行

お名前《ふりがな》		明治 大正 昭和 平成 年生 歳	
ご住所《ふりがな》	□□□-□□□□	性別 男・女	
お電話番号	(書籍ご注文の際に必要です)	ご職業	
E-mail			
ご購読雑誌(複数可)		ご購読新聞 新聞	

最近読んでおもしろかった本や今後、とりあげてほしいテーマをお教えください。

ご自分の研究成果や経験、お考え等を出版してみたいというお気持ちはありますか。

ある　　ない　　内容・テーマ(　　　　　　　　)

現在完成した作品をお持ちですか。

ある　　ない　　ジャンル・原稿量(　　　　　　　　)

書　名					
お買上 書　店	都道 府県	市区 郡	書店名		書店
			ご購入日	年　　月　　日	

本書をどこでお知りになりましたか?

1.書店店頭　2.知人にすすめられて　3.インターネット(サイト名　　　　　　　　)

4.DMハガキ　5.広告、記事を見て(新聞、雑誌名　　　　　　　　　　)

上の質問に関連して、ご購入の決め手となったのは?

1.タイトル　2.著者　3.内容　4.カバーデザイン　5.帯

その他ご自由にお書きください。

(　　　　　　　　　　　　　　　　　　　　　)

本書についてのご意見、ご感想をお聞かせください。

①内容について

②カバー、タイトル、帯について

弊社Webサイトからもご意見、ご感想をお寄せいただけます。

ご協力ありがとうございました。

※お寄せいただいたご意見、ご感想は新聞広告等で匿名にて使わせていただくことがあります。

※お客様の個人情報は、小社からの連絡のみに使用します。社外に提供することは一切ありません。

・人は他と共有しながら生きる脆《ぜい》弱なもの
・すべての人はすばらしい
・障害も精神障害も天命も人のある姿
・自然に感謝の心をもって生きる
・自然は必要なものを提供してくれる
・人間は気という物質で構成されている
・正気陽気邪《じゃ》気、体質情緒　天の気地の気
・自然界の変動に対する適応力をつける
・人が友としてきた自然の流れ
・人と天地の適応　人体は整体
・生活は天地の間に在る

・気の変化によって生まれてきた
・人間は最も複雑な高等動物、胆と肝は表裏
・五臓六腑は小さな天地、臓と腑は表裏
・人体の活動は全て気の運行で動いている
・高級中枢神経活動は心《しん》が中心
・肝の気血が情緒の中心　・脳は髄《ずい》が集まったもの　・五味は五臓を養い傷つける
・心《しん》は神を蔵し神は魂・魄・意・志・神の五種《しゅ》とする
・血と津液（水）は人体と精神の基本物質
・経絡は全身につながり伝達調節する
・人の生理機能が正常で気血の陰陽バランスがとれている

か

●運動あって生命あり（動的休息、静的休息・リラックス休息）

●心《しん》は神を蔵し昼は心神の命令で一切の活動を支配し夜は心血に養われてはじめて安静にねむれる。

●支配階級非支配階級

●他の生命との関わりの中で許される

●宇宙をつくる時神には選択の余地がどれだけあっただろう　●宇宙は人類のみおや、地球は人類の母、十八契印第一

●キリスト教対非キリスト教、万物の幸福と発展につくす

・宇宙のゆらぎが生命の原点　・宇宙空間は、暗い無象の実体　・目に見えない暗黒物質が宇宙を支へている　・宇宙は生成と消滅《めっ》をくりかえしている　・宇宙秩序と人類共栄の宇宙道徳　・神の道と人の道の共存
・人類は滅亡するか別の存在になる危機
・細胞は①同じものをつくる　②一定を保つ　③変化に適応の機能
・自然のみおやのもとに引き取られる
・時空をこへた精神のつながり
・宇宙と細胞は一定のメカニズムで存在する
・非合理の集合による合理

・霊性の向上が人間の本性
・あの世からこの世にきてあの世に帰る
・人はそうした方がいいと思へば行動をかへるし必要とされば一緒に行動する
・人間草木大地大空光無限
・無双原理とは宇宙が対応交感相補《そうほ》調和性の陰陽秩序の構成を有する事を示す世界観
・有限の陽の世界の統一は無限の陰の世界への帰依服従が必要
・どんな小世界社会にも陰陽秩序はある
・五感が幸せを感じている　・自己内面の無秩序の統一

・精神病の回復治療は最適な薬物調整心理、精神療法神律療法人間の宗教的本質の自覚、聖《せい》なるものに謙《けん》虚に向かう事

・人はいつからなんでこうなってしまったのか　・生命の3ステップとして①分化のない無限の無始無終の宇宙のひろがり　②両極分化のスパイラル無機界　③やがて有機界が生まれてその一部が人間となるそして無限宇宙の我が母胎生命の本源である無限を発見する者が全知全能全在と自己との同根同一性を確認する

・秩序こそ生命、解脱、暗示は神の音

・運気を上向きに運ぶのは気の持主である自分　・幸運に

変へてしまう力を持つか

- え顔をつくってねむる
- 気という矢印をどの方向に向けるか
- 男と女はちがうから宇宙の調和がとれる
- 1は始まり2はつながり3は支へ4は安定5は結び6は自然7は人間8は無限9は神
- 人は生まれた時に命を宿し（宿命）日々を生きることで命をその目的に向けて運び（運命）これに命を使うことを全うする中で（使命）天が自分に与へた命（天命）に向かう
- 陰と陽という性質の異なるものが互いにバランスをとり

調和することで万物が成り立っている　●終わりは始まりの始まり
●ねている時に魂は体を離れられる
●間を持つのが人、ヘビは竜神《りゅう》の使い
●陰陽では陰の方がエネルギーが強い
●女は大黒柱を下から支へるしき石
●男は子どものまま女の方がエネルギー強い
●陰に始まり陽に終わる　一切の厄難除き
●天体占い、祝詞ばらい、念飛ばし
●陰から陽が生まれる
●人体の細胞はエネルギーの振動で成り立つこの振動数を

上げるのが人間目的

•人の中心である脳から背骨の中を通る神経の流れを良くするかいなか

•困難や病気を克服すればアップして振動数を上げる

•魂はアカシックレコード（時空をこえたエネルギーと魂の活動の歴史）の情報を全て包括して宇宙の全てのエネルギーとして存在

•人とちがうことは素晴らしい要素なのにそれを劣っているとした

•誰かが統制するのは正しくない。お互い同意の上で成立がよい　•政治社会がエゴで成り立っている　•宇宙は

調和を求めるエゴをきらう　・自分のエネルギーがよい方向に向かへば宇宙の力が作用してお金もくる
・お互いの振動数にふれて融合を学びなさい
・学び合う仲間
・劣っているという考え方はエゴ
・地球は振動数が低い　・無差別
・体を持ったわけは病気になるため不便さを味わうため
・生命である人間の解明
・頭面攝足帰命礼
・体をなおす事は気付きや濃い学び
・高天原天津祝詞太祝詞持可可呑はらいたまへ清めたまへ

（大はらい祝詞）

・人の進化を手伝うのが宗教

・体という低い次元をクリア

・意識は体によってつくられ体をつくる

・体の中を流れるエネルギーを整へる

・真理は生き残る定め　・地球はつらいところ

・地球人がしるべき時がきた　・分かち合い

・常識を変へる位の転換期　・人と共調力

・雪がとけるように業がきへる

・一切の悪事災厄をまぬがれ

・お前の目つきが役にたつ

・すべて神経の流れ　・神々の肉体遊び
・しゅゆにして吉祥をへん　・永遠性内包
・万物を滋育す、万物これより生ず
・骨や体はエネルギーのかたまり
・中の神経の通りをよくする　・人を活性化
・体への指令が存在しそれを正す
・かつて地球上で生き意識次元が上がり人間を卒業して地球外から地球を見守る意識存在
・エゴと愛と調和の戦い。見へない科学量子学
・第3の目は宇宙エネルギーえい智の人への入り口
・神々人格化　・家門高く　・神の試練

・一切免罪　・あらじものをと
・これに従いていうどうを開く
・自分の心身がパンクしない病気しない、いい状態で生きいい働きも定着させる
・宇宙のえい智は脳の真中の松果体に入り背骨の中を下に通っていく
・病気は神経の流れの狂い
・愛は偽りの所有欲でない人は事実や不都合な真実の動物でなく自分存在に深い満足のために生きる　・したいこと
・ユングは神話的オカルト的共時性等主張

・祝詞は祝福の言葉　・高天原は高次元天界
・罪とけがれを生ず根本原因は自他の区別（差別）の錯覚の囲《かこ》いがあるため流れなくなり取り去ればきへる　・もつれほどき
・ヨガはサーンキャ哲学
・ヒトは多層構造で大体地上世界霊的世界天的世界に今も同時に存在していて全部あわせてひとりのヒト
・肉身、心身、宇宙身
・その人の苦労の人生を黙々と歩みおへると仕上がる
・どんなにつらい事があってもそれを人のせいにせず環境のせいにもせず黙ってそのすべてを自分が引き受けて背

負っていこうという覚悟を定めるとはらい清められる

・神社に参るとは神様がどう結論を下されようとお受けしますす従いますということ

・元を元とし本を本とす

・お参りする時は①住所と名前を告げる②感謝する③願い事

・睡眠時に融界という世界に行っている

・人は神が地上に下った存在（神物）です。人の心は神なので心をけがしたりきずつけたりせず神は人の祈りにこたへて降臨され、正直な心に応へる清き心正直とは、今ココに重心を定めやるべき事に正対し淡々黙々とやって

いく心

・自分の心の深いところ（感性）

・欲望と夢はエネルギー・潜在意識（習慣）

・他人の役にたちながら自分のやりたい事《こと》を全う出来ているか

・どんな逆境困難でも感謝報恩を思へるか

・カチンとくる時　①自分のルールをおしつけている　②不安がある　③疲労困ぱい　④余裕がない　⑤何かに執着　⑥自分本位で相手立場不理解

・すべて神経の流れである人間振動数

・治療はエネルギーをいじるだけ

・自分と他者を分離しない
・精神や感情の病気も振動数が狂ってしまい本来じゃない振動数がそれに見合う現実を引きよせている状況　・チャンネルを正す
・気付く準備が出来ていない　・大地の力
・恐れに同調させてはいけない
・与へたものが自分に返ってくるだけの法則
・指令・振動数、神経の流れ
・玄米雑穀（麦）御飯、ゴマ塩、味そ汁、漬物、梅干し、充分に咀しゃく腹七分目
・意識の中心が愛と調和の世界にある程高エネルギー（時

空にとらわれない）
•時空離脱　•体の内から外に振《しん》動数を上げる
•神経の流れの狂いがストレスをつくる
•高エネルギーを松果体に入れる
•首のうしろとへその下をおす
•愛と調和で生きればいいというレベル
•恐竜には第2の脳が背骨の下にあった
•振動数とは一定の時間あたりにくりかへされるエネルギー波の回数。エネルギー波動
•大地の力をとおすと振幅が大である
•正しい振動数宇宙のえい智（天）と大地の力（地）

・エネルギーの通った時に何が適応する
・なりきる　・使命課題は何か
・人は地球にきた時に魂レベルの課題をもち振動数を上げようとした体も時空もない愛と調和だけの世界に飛び立つため
・病気がなくてもよい振動数に変化
・正しい神経の流れによる免疫細胞への正しい指令でガンがきへる
・病気にならないと学べない
・エゴについて学ぶ　・魂は成長したがる
・宇宙には善悪の意味づけはないあるのは人の意識　・空

間は幻想　・脳内イメージ

・カルマは前世からの引きつぎ

・無理もせずワクワクすることを瞬間全力

・体と健康をコントロール　・宇宙に距離なし

・神経の流れをよくすれば歩きたくもなる

・宇宙力を松果体で生命エネルギーに変換して体を保つ

・時間も幻想　・人は素粒子

・振動数が一定以上で時空概念がへる

・地球は無数の人の集合意識で出来ている

・死ぬことは少しちがう世界に引っ越すこと又少し高い振動数の世界に入ること

・時間は学ぶため　・時間は振動数のちがい
・多くの人は過去の後悔と未来の不安
・過去と現在と未来が同時に存在
・ちがう道でもゴールする
・人は自分から悩み困難をつくり経験が目的で自分で選ぶ
　・今の世界でもいい
・自分の振動数を上げれば地球卒業する
・人生が時間々々の意志選択
・振動数を高めると同じ過去でもいい意味合いになる。現在の自分がシフト
・後悔や罪悪感という感情も変へる

・自分がすでに成りたい自分に成っていると設定する
・生きてるだけで幸せ
・私にない役割を果たしてくれている
・なりたい自分を描写しなりきる
・真理　①自分の意識が存在するだけで回りは全て幻
②与へたエネルギーがはね返るのみ
・失敗とおもっても学ぶためわざと道が与へられている
・異状でなく個性
・（はてしない大宇宙）（人間という中宇宙）（細胞という小宇宙）　・宇宙は調和を応援　・世界のからくり
・自分が死んでも世界はのこる

・本人がもとの振動数をとりもどす　・本来あるべき振動数に整へる
・今の社会は不安や恐怖エネルギーで動く
・いままでの人生で御縁をいただいた全ての人に感謝
・この世界は観察者の認識で成り立つ
・この世界はおもう程安定してない
・宇宙現象は十一次元以上の時空が必要
・宇宙は観察者によってたくさん存在
・多次元宇宙
・神が存在する宇宙もありいない宇宙もある
・万物は無意識の世界で一つにつながっている　・病気や

災難自体が時空の変化

・時空移動にゆらぎが必要

・心は脳をこへた活動をする

・宇宙とは人間の意識かも　・共感能力はテレパシーかも

・人の想いは時空をこへて伝わる　・全生物は無意識下でつながる

・生物は病むことで進化する

・人類は進化により運命解放

・生活に人類の集合無意識が反映

・神はざせつした体験を持つ存在

・参拝し神々をいやす　・ヒーローは自分で居場所を得る

・日本人は全ての情報を集約し自文化として世界中の伝承や神話が日本にあり日本でおこることは世界でおこり世界でおこることは日本でおこる　・過去もたくさん存在
・竜と人は別の次元で存在　・今だけ確か
・過去未来は無数で今につながる
・お陰さまを認識すると世界が現《あらは》れる
・好奇心で動くとよろこびにつながる
・今が無数の時空につながり今選ぶ
・何か意味あるものをつくるとき時空展開
・ふとおもいついた直観が無意識の奥
・朝おきる時意識と無意識の中で無意識に伝へたおもいは

集合無意識をつうじて時空超へ
・無意識は時空につながる　・これでいい
・病むことで生物は進化する
・私たちはまだ十分に完全な生命体でない
・宇宙エネルギーは電磁エネルギー
・地球人の進化の速度ははやい
・銀河系に地球外生命体は一千万種族以上いて特に地球に
関心を持つのは20・30種族
・イエスキリストやブッダ、ゼウスなどは宇宙だけど人間
そして具現化されたもので誰ももつ宇宙人の遺伝子の特
性をうまく表現して潜在意識時によみがへらせコントロ

ール出来宇宙人の要素を覚醒する

•これからは人間と宇宙人と人工知能（ＡＩ）共々融合していく　•ただ在るのみ

•天災などの原因は世界が分離していって時間のトラックの一つの路線があって様々なパラレルな並行したトラックに分離し地球という物質世界でも天災等おこる　•地球は欲の集大成　•おきたことに対して何をするか

•自分がもった波動や周波数と合ったバージョンの地球に移行　•人類全員でよろこびを共振する世界　•どことアクセスするかでちがう

•聖人やシャーマンは特定訓練され情報を人々に宇宙から

おろして伝へる　•人類は50万年前くらいに宇宙人にいじられていた

•音を光に変へたり電気に変へたりする技術があった

•最後に善《ぜん》は勝つ

•チベット医学は病を4つにしている　①過去生の行為など　②今生の行為など　③鬼神（霊障・低級霊動物霊）などによる　④食養生生活養生で治る

•地球人は愛の勉強にきていづれは神に光になるが途中が大変

•霊障の霊たるもいつかは天に帰って光になるはず　•波動が高まると①食②睡③時④齢⑤我⑥貧のそれぞれ忘れ

る
•その病になった意味合いを気づきまわりの人の慈愛や自然の恵みに感謝でなおる
•トランキライザーを飲んでいると薬毒による冷え、水毒、悪血、邪気気滞などひどい状態　•霊障病も食養生生活養生が基本　•人は食毒や薬毒や体毒を排泄しようとがんばっている　•男が支配し女ががまんするのをやめる
•祈りは病を治すだけでなく健康を超越して大悟へ導く　•死後浮かび上がると動物霊や我欲とエゴなどの霊障がただようがふりきる
•にせものや低級神も多く出る　•霊障もいやし克服する

・スマホ霊障もある　・親毒もある

・人のいない所に霊障はない　・人間の我欲とエゴが霊障、鬼神を生む　・気は存在する

・天道を歩めているか　①誰かのせいにしていないか　②何かのせいにしていないか　③自分が誰かをのろっていないか　④自分の問題にしているか　⑤慈愛・宇宙力にみちているか

・この世と霊界は陰陽で霊界は天上の光にてらされた影の部分　・この世が終わると霊界もきえる

・魂返して活《いき》なむ　・泣いている子はいないか

・ひとりもいじめられない社会

・人に在りては神識霊なり　・人に希望を与へる事が自分のなぐさめ　・共同体と共同体の交流による複合の発展
・誰かをささへることが自分もささへられる　・人が人であるための失ってはならないものを守る　・近代文明の野蛮《ばん》とごうまん　・ひとつの文明の虚偽
・陰陽とは夫婦のようで一体で成立し相反対立のようで統一されている
・古《いにしえ》から仁・義・礼・智・信の五常からはずれると陰陽バランスがかく乱し病《やまい》がおこるとされていた　・宇宙エネルギー（陰陽五行）エネルギーで人体は運営される
・五常とは人を愛し人を知り身を愛し己《おのれ》を知ること

・進んで人を愛さないと病気になる
・人は元々ねむっている状態が正常で起きたり仕事などは無理しているといへる
・聖無動眷《けん》属三十六童子
・ねている時が陰陽調和され不眠などは陽が強い状態で存在自覚・環境適応への判断で調和にむかう　・陰は地球、陽は太陽・背が陽、腹が陰　・SOSを観のがさない
・心の病は自分でなおすしかない　・不眠は、内部の活力(元気)が失われるためまた神を労すること過度で心血をきづつける。心があせって体がついていかない、思慮労心、心脾《び》不足、心血が少なくて神を蔵せざるため

•五臓六腑の異和による精神の非正常
•人間も自然万物も区別ない電子構造
•精・気・神の三宝　•くりからりゅう
•心身疲労にストレスで病気になりやすい
•気は肉体を支配し肉体は気を養う　•気は臓を補《ほ》充し栄養を与へ協調させる　•気で機能させ組織に血《けつ》が栄養を配給し津《しん》液も排泄物をなすが、水といい、血水を循行せしめる気
•気が人体を操作　•しかも利益《りやく》をなす
•神が地球を創造したとき五行の法則を立て人間創造で五常の法則を立てた

・清廉《れん》・潔白ならざる由に病む
・血は人の肉体構成を運営するエネルギー
・人は血と水からなり運営するのは気
・五常によって体を保ちいやす
・水は人体構成の液体部分　・五志《し》とは「怒喜思憂恐」である。人に精・気・津・液・血・脈あり　・魂は気を集めて体をつくり、魄は、体の機能を発揮させるもの
・(魂は陽)(魄は陰)
・精神的疾患も身体的治療が漢方
・身体臓器の相互関係の調整で精神症をなおす　・感情で気が動き陰陽の不調となる「喜怒悲憂恐」をととのへる

・生理をよく知り感情を調整し気を調へる
・人の実体は心にあるので心を操作でなおる
・体全体を調整すると心もなおる　・気がゆるむと病を生じる。五臓がそれぞれの役割をはたせば体の健康と機能をはたす
・人が宇宙の気に円滑に通じると人と環境との調和　・心が神にかよっている状態
・人と宇宙は電気的エネルギーからなる
・気はたりなくともあまってもいけない気を等《ひと》しくする
・天地陰陽の気が心身に宿《やど》って流入して心身活動行動する
・気は七情（喜怒憂《ゆう》思悲恐驚）によりかく乱され感情の統

制が必須　・心とは五臓と五志の働き　・病人周辺の人間関係のゆがみをなおす　・生命の秩序を乱すものは自らを否定する　・動物は陽性で植物は陰性なので人間も陽性である　・薬と毒は類似している　・頭《こうべ》には白蓮華をいただき

・光やイルカなどや神様と呼ばれる人は高周波でからだの電磁場を調整し脳の電流の変化を再調整して人の心身の異状をキャッチして治療する　・じんぎのはらいかずかず

・南無大日大聖不動明王この剣を以っていかなる悪病にても退散なさしめたまへ

・人の尊厳は人のみちを学ぶことで保持される　・日月《ひつき》の宮に安らかに住む　・時空は女神　・父なる神は実験的ゲーム的　・宇宙をつくり人をつくった父なる神はやがて育児放棄するようになり母なる神がやさしく人類を世話した。宇宙は生きていて世界のいろんな事を人に教へている。

・発達障がいなどは存在しないそれは人々の信念のせい意識のありようさへ変わればそれなど問題としない世界が開ける　劣っていない

・自分をだいじに出来たら和をつくることもできる

・空は次元を超越した存在

・六神通　①天眼通（見へないものが見へたり、あらゆるものを見通す）　②天耳通（小さく遠くの音や声を聞ける）　③他心通（人の心を読み取る。読心術・テレパシー）　④宿命通（他人の過去・前世・未来・来世まで見通す）　⑤神足通（空を飛んだり、テレポーテーション）　⑥漏尽通（修行を妨害する煩悩をなくす知恵。煩悩が尽きて解脱したことを確認する力）

あくまで前の本の続編であり、そのまま文献を引用したり、整理して書いたりした。

引用　参考文献

1　古神道祝詞
2　神道祝詞
3　陰陽道経本
4　カタカムナ
5　ホツマツタエ
6　ヨーガの極意（小山一夫）
7　わが家に宇宙人がやってきた（胡桃のお）
8　半次郎とミゲルの夢物語（西島寿幸）
9　奇しびなる生命の連鎖（中野良子）

10　転生回廊カイラス巡礼（青木新門）
11　陰陽師の教え（幸輝）
12　コスモスの法則（宇場稔）
13　神々の食べ物（ジャスムヒーン）
14　地球人革命（松久正）
15　漢方生活法入門（高益民）
16　宇宙の秩序（桜沢如一）
17　立花大敬
18　霊障医学（奥山輝実）
19　関暁夫
20　時空の超え方（ケルマデック）

21　相見三郎
22　神様の秘密（和栗隆史）
23　森田健
・その他

著者プロフィール

飯野 哲也（いいの てつや）

1958年東京生まれ
大学文学部卒
趣味　テニス
165cm・55kg

求道と要文　第四

2025年４月15日　初版第１刷発行

著　者　飯野 哲也
発行者　瓜谷 綱延
発行所　株式会社文芸社
〒160-0022 東京都新宿区新宿1－10－1
電話 03-5369-3060（代表）
03-5369-2299（販売）

印刷所　株式会社晃陽社

ISBN978-4-286-26491-2